*Para una niña a quien no conozco,
aunque sé que se llama Montserrat.*

Pancheta era una bruja normal y corriente. Sin ser demasiado lista, tampoco era tonta.

Al igual que muchos niños, vivía con sus padres. Y al igual que otros, no tenía hermanos.

«¡Qué lata!», pensaba Pancheta, pues muchas veces no tenía con quien jugar.

—Cuando vayas a la escuela, tendrás muchos amigos —la tranquilizaba su madre.

—¿Y cuándo podré ir? —preguntaba ella, impaciente.

—Cuando tengas seis años.

Durante el invierno cumplió los seis

años. Pero aún tuvo que esperar a que acabara el verano.

Entonces, sí. ¡Ya podía ir a la escuela!

Pancheta estaba tan nerviosa, que hasta la nariz le temblaba.

Y no era para menos. ¡Al fin iba a dejar de jugar sola!

Su madre le puso en una mochila lápices, libretas y un bocadillo para el recreo.

Mientras tanto, Pancheta metió en sus bolsillos canicas, una peonza, la cuerda de saltar y... ¡se marchó entusiasmada a la escuela!

Se fue sola, montada en su escoba.

Aunque deseaba llegar cuanto antes, no voló demasiado deprisa.

Temía que el viento se llevara su

enorme sombrero. Tampoco quería des-
peinar su tiesa melena, ni ensuciar su
negra vestimenta.

Deseaba tener un aspecto impecable
el primer día de clase.

Cuando por fin divisó la escuela, el
corazón le empezó a latir con más fuerza. Y sin poder contenerse por más
tiempo, se dirigió veloz hacia el patio.

En el patio había un buen número de
niños. Cuando la vieron aparecer, se
armó un terrible revuelo.

—¡Mirad! ¡Es una bruja! —dijo uno a
voz en grito.

—¡Anda, es verdad! —exclamó otro.

—¡Qué miedo! Las brujas son muy
malas... —comentó un tercero, muy
asustado.

Y antes de que fuera demasiado tarde, echaron todos a correr.

Cuando Pancheta puso un pie en tierra, por allí no se veía a nadie.

«¡Están jugando al escondite!», pensó la bruja, y los ojos le brillaron de alegría.

Puesto que aquél era uno de sus jue-

gos preferidos, rápidamente se dispuso
a buscarlos.

Y como en estos asuntos era bastante hábil, no le costó mucho esfuerzo dar
con unos y otros.

Pero, cada vez que pillaba a uno, el
niño huía espantado.

—No se juega así —les indicó la bruja, aunque ellos parecían no escucharla.

Y así continuaron, hasta que la maestra les hizo entrar en la clase.

Los niños se mostraban inquietos. Y la maestra, también, para qué negarlo.

Había sido idea del director aceptar a una bruja en la escuela.

—No temáis. No os hará daño —dijo la maestra, pero la voz le temblaba.

Por eso, nadie quiso sentarse cerca de Pancheta.

Pero, al parecer, a Pancheta no le importaba y no paraba de sonreír. Quería mostrarse amigable y simpática.

—Señorita, se burla de nosotros —se quejó una niña.

—Deja ya de hacer muecas —la regañó la maestra.

Entonces, Pancheta empezó a darse cuenta de que hacer nuevos amigos no sería tarea fácil.

Pero eso no le importó demasiado. Confiaba en que, tarde o temprano, lo conseguiría.

También sabía que debía esforzarse si quería ganarse su simpatía.

Y la ocasión de mostrarse amable no tardó en presentarse.

La maestra había explicado cuánto es uno más uno. Pero nadie le había prestado atención. Todos estaban pendientes de Pancheta.

Entonces, la maestra preguntó:

—Isabel, ¿cuánto es uno más uno?

—Yo... —dudó la niña.

Pancheta sonrió feliz. ¡Había llegado

el momento de comportarse como una buena compañera.

Con disimulo le susurró a Isabel:

—¡Dos!

La verdad sea dicha, no consiguió pronunciarlo con demasiada claridad.

¡Cómo iba a hacerlo, si le faltaban varios dientes!

Por eso, Isabel entendió el mensaje a su manera. Se giró decidida hacia la maestra y dijo:

—Tos.

—¿Qué? —exclamó la maestra, con el asombro pintado en la cara.

—Uno y uno son... ¡tos! —repitió la niña.

—Y tú tienes un cero —dijo la maestra, ya de pésimo humor.

Sin poder evitarlo, todos se echaron a reír.

Eso puso a Isabel más furiosa. Miró a Pancheta y le dijo muy seria:

—Lo has hecho a propósito. Eres una bruja mala.

Pancheta se quedó pálida.

¡Menuda la había armado! Aquello iba de mal en peor.

Sus compañeros la observaban con cara de pocos amigos. Y ella no se atrevía ni siquiera a sonreír.

Tampoco se sentía con ánimos de seguir ayudándolos si no sabían la respuesta.

Así pues, permaneció quieta en su asiento, mientras luchaba contra el desánimo.

Por fin, llegó la hora del recreo.

Como era de esperar, en el patio todos huyeron de su lado.

Acostumbrada a jugar sola, Pancheta echó mano de sus canicas. De rodillas, en el suelo, se puso a jugar.

Cerró un ojo para hacer puntería. Golpeó con fuerza la canica y... ¡zas!

Quizá a causa de los nervios, erró el tiro. La canica salió disparada.

Fue a parar bajo el pie de un niño que corría a lo loco. Y el niño acabó con la nariz contra el suelo.

—¡Aaahh! —chilló con todas sus fuerzas y empezó a llorar sin consuelo.

—¿Qué ha pasado? —quiso saber la maestra, cuando fue en su ayuda.

—¡Pancheta lo ha tirado! —dijo uno.

—Sí, ha sido ella —apoyó otro—. Yo la he visto.

Incluso aquellos que no sabían lo que había pasado también la acusaron.

—¡Es muy mala! —dijeron todos a coro.

Pancheta estuvo a punto de coger su escoba para no volver más.

—Ve a la clase —le dijo la maestra en tono severo.

Ella obedeció sin rechistar.

Se quedó sola en la clase, hasta que el recreo llegó a su fin.

Los niños entraron muy serios. Rodeaban al herido y observaban a Pancheta con gesto de enfado.

Pancheta jamás había imaginado que era posible sentirse tan mal.

El resto de la clase fue un auténtico tormento. Sólo respiró aliviada cuando oyó decir a la maestra:

—Ya os podéis marchar. Hasta mañana.

Quieta en su asiento, aguardó a que

todos se marcharan. Luego, con paso
lento, ella también salió.

Para su sorpresa, sus compañeros la
esperaban en la puerta.

Al verla aparecer, comenzaron a
gritar:

—Bruja mala, no te queremos aquí.
¡Vete!

Profundamente ofendida, Pancheta les enseñó la lengua. Y les hizo una mueca, con la ayuda de las manos.

—Cuidado, ¡está tratando de encantarnos! —advirtió uno, y todos huyeron asustados.

En cuestión de segundos, no se veía ni rastro de ellos.

Pancheta montó en su escoba y se fue a casa.

Su madre la esperaba impaciente.

—¿Qué tal te ha ido? —le preguntó.

—¡Psse...! —respondió Pancheta.

Sin más explicaciones, se encerró en su habitación.

Allí se estuvo rato y rato. Ni siquiera tenía ganas de merendar.

Ya era de noche cuando fue a ver a su madre. Y sin más, le preguntó:

—¿Todas las brujas son malas?

—Claro que no.

—Gracias —dijo Pancheta, y regresó a su habitación.

Su madre pronto se dio cuenta de lo que había sucedido. Entonces temió lo peor.

«Quizá Pancheta ya no quiera volver a la escuela», pensó, bastante inquieta.

¡Qué va! Al día siguiente, se marchó tan contenta.

Sabía que, sólo si insistía, conseguiría tener amigos.

Y mientras volaba por encima de las casas, no dejaba de pensar: «Puede que hoy ya no estén tan asustados.»

Pero se equivocaba de medio a medio. Las cosas no se habían arreglado, sino que habían empeorado. Y la pequeña bruja no tardó en descubrirlo.

Junto a la puerta del colegio se habían reunido unos cuantos padres.

Hablaban entre ellos y parecían enfadados. Bastaba con mirarlos para notarlo.

No entendían por qué el director había admitido a una bruja en la escuela.

—¡Esa niña es un peligro para nuestros hijos! —exclamaban, sin importarles un comino que Pancheta los pudiera oír.

Y Pancheta los oyó.

Se asustó tanto, que no se atrevió a acercarse. Se ocultó en la torre del campanario y desde allí los espió.

En vista de que la bruja no se presentaba, unos y otros fueron recuperando la calma. Estaban seguros de que ya no volvería.

—¡Qué bien! Nos hemos salido con la nuestra —se decían victoriosos.

Felices con el triunfo, regresaron a sus casas. Y los niños entraron en la clase.

Al verlos, Pancheta rápidamente montó en su escoba. Tras un vuelo veloz, aterrizó en el patio. No quería llegar tarde.

¡Menuda sorpresa se llevaron sus compañeros al verla aparecer!

Tampoco la maestra pudo disimular su disgusto.

«¡Mecachis!», pensó, y las mejillas le cambiaron de color.

—¡Buenos días! —saludó Pancheta, y se sentó en su sitio.

Allí se estuvo, muy quieta y muy seria, hasta la hora de salir al patio.

Tampoco aquel día sus compañeros quisieron jugar con ella.

Desde un rincón, Pancheta observaba cómo los demás se lo pasaban en grande. ¡Hubiera dado cualquier cosa por ser uno de ellos!

Pero ellos continuaban enfrascados en sus juegos. Nadie le hacía caso.

Entonces dos niños empezaron una fuerte discusión.

—Si no te gusta, vete —dijo la niña con gesto de rabia.

—¡Vete tú, mandona! —protestó el chiquillo y le dio un empujón.

La niña puso morritos y, a grandes pasos, se separó del grupo. Sin dejar de refunfuñar, se acercó a Pancheta y se sentó a su lado.

Pancheta sintió que el corazón le daba un vuelco a causa de la alegría. ¡Pensaba que aquella niña quería ser su amiga!

—Miguel es un bravucón. ¡No volveré a jugar con él! —le dijo muy enfadada.

Pancheta no sabía qué responder. Tenía ganas de preguntarle si quería jugar con ella, pero no se atrevió.

Mientras pensaba, la otra se le acercó más. En un tono confidencial, le pidió:

—Oye, ¿por qué no lo conviertes en un sapo viejo y feo? ¡Se lo merece!

—Yo..., yo... —tartamudeó Pancheta.

—Si lo haces, seré tu amiga.

—Pero..., es que no sé cómo hacerlo —le respondió la pequeña bruja, y decía la verdad.

—No quieres ayudarme —protestó la niña—. Eres peor que Miguel. ¡Eres muy mala!

Y sin más, se marchó con su enfado a otra parte.

—Vaya... —dijo Pancheta a media voz, y se cruzó de brazos.

Comenzaba a perder las esperanzas.

Para colmo de males, en aquel momento un señor pasó por la calle de la escuela. Era el padre de uno de aquellos niños.

Se detuvo y, con aspecto de espía, observó el patio. Pronto descubrió que Pancheta estaba allí.

Él creía que la bruja no había vuelto a clase. Pero... ¡con espanto comprobó que se había equivocado!

Se quedó muy pálido y el corazón le latió con fuerza. Decidió que era necesario hacer algo cuanto antes.

Rápido como el viento, se encaminó a casa de otros padres. Con gritos y protestas, alborotó a todo el vecindario.

Por su culpa, aquel día se organizó una manifestación. Todos pedían que echaran a Pancheta de la escuela.

—¡Es una amenaza para nuestros hijos! —gritaban, reunidos ante la puerta.

Minuto a minuto, llegaban más y más personas. Y todos expresaban su descontento con grandes gritos.

¡Vaya espectáculo!

Fue tal el jaleo que armaron, que tuvieron que suspender las clases.

Detrás de los cristales, los niños observaban boquiabiertos aquel terrible re-

vuelo. Y no era para menos, ¡metían más ruido que ellos a la hora del recreo!

También Pancheta los miraba, claro está. Pero ella estaba asustada. No podía comprender a qué venía todo aquello.

Temerosos de que sus protestas no fueran oídas, los padres echaron mano de un megáfono. Entonces los gritos se oyeron por toda la ciudad.

Mientras tanto, algunos se fueron a sus casas para pintar pancartas.

Al hombre que había organizado todo aquel revuelo se le ocurrió hacer una bien grande.

Sin pensárselo dos veces, fue en busca de una sábana, un bote de pintura y una brocha. Y regresó a la escuela.

Luego, entre varios escribieron: *NO QUEREMOS A PANCHETA EN ESTA ESCUELA.*

Y decidieron colgar el cartel entre los árboles.

El dueño de la sábana trepó a uno muy alto. Le costó lo suyo, pues no era precisamente delgado. Finalmente, consiguió encaramarse en lo alto.

Los de abajo, inquietos, le decían:

—Ten cuidado.

—Sujétate con fuerza.

—Mira dónde colocas el pie.

Y él, en lugar de mirar dónde colocaba el pie, miró hacia abajo. Grave equivocación, porque entonces resbaló.

—¡Ah! —gritaron todos y se llevaron las manos a la cabeza.

—¡Ah! —gritó él también mientras caía, y rápidamente cerró los ojos.

No quería mirar lo que estaba a punto de sucederle.

Por fortuna para él, un pie se le enganchó entre dos ramas. Eso frenó su terrible caída.

Quedó colgado cabeza abajo, mientras agitaba los brazos como si intentara alzar el vuelo.

De momento había conseguido salvar el pellejo. Pero..., ¿cuánto tiempo resistirían las ramas?

—No mucho... —murmuraron los otros espantados.

No sabían qué hacer. Hasta que uno dijo:

—Hay que llamar a la policía.

—No, a los bomberos —exclamó otro.

—Al ejército —propuso un tercero.

Pero tanto unos como otros tardarían mucho en llegar hasta allí. Y las ramas comenzaban a ceder de forma alarmante.

Al igual que una fruta madura, el hombre estaba a punto de caer.

A pesar de ello, a nadie se le ocurría subir en su auxilio. Mejor dicho, sólo Pancheta lo pensó.

En vista de que el tiempo apremiaba, salió de la clase, con paso decidido.

Al llegar al patio, montó en su escoba de un salto. Y en un santiamén se acercó al hombre.

Se colocó a su lado y le dijo:

—Cójase de la escoba, deprisa.

—¿No será uno de tus trucos? —preguntó él, desconfiado.

Ya harta de tantas tonterías, Pancheta le replicó:

—Si prefiere usted quedarse colgado como una ropa al sol, por mí...

Y se dispuso a marcharse.

—¡Espera! —le gritó el hombre en tono suplicante, y se aferró con ambas manos a la escoba.

Ante el asombro general, Pancheta lo llevó sano y salvo hasta el patio. Y allí lo dejó.

A través de los cristales, los niños la observaban con ojos de asombro.

Jamás habían visto nada igual, ni siquiera en la televisión.

—¡Es fantástica! —exclamó uno.

Y entonces se miraron unos a otros con gesto de complicidad.

Aunque nada dijeron, todos estaban pensando lo mismo.

Antes de que fuera demasiado tarde, salieron al patio.

Pancheta estaba a punto de marcharse. Ya se preparaba a despegar, cuando sus compañeros la rodearon.

—Has estado muy bien, ¿sabes? —la felicitó uno, en actitud avergonzada.

—¿Bien? ¡Has estado genial! —afirmó otro con una gran sonrisa.

—Eres formidable —no dudó en decir un tercero.

Y otro que estaba a su lado, preguntó con interés:

—Pancheta, ¿podrías enseñarnos a montar en tu escoba?

—Pues... —dudó ella.

—¡Di que sí! —pidieron a coro unos cuantos.

—Pero..., si os ven montados en la escoba, vuestros padres pensarán que sois brujos —comentó Pancheta con picardía.

—¡Que se fastidien! —exclamaron todos a una.

En verdad, a ellos ya no les importaba que fuera una bruja.

Al oírlos, Pancheta sonrió llena de alegría. Sabía que, a partir de entonces, se lo pasaría en grande en la escuela con sus nuevos amigos.